현대시세계 시인선 124

가까운 별 내 안의 새들

지영희 시집

가까운 별 내 안의 새들

지영희
시집

도서출판 북인

시인의 말

내 안에는 별이 언제부터 살게 되었을까? 어릴 적 여름밤이면 동네 사람들이 읍공관 마당에 자리를 깔고 더위를 식히곤 했는데 나도 누워 별을 세다가 은하수 따라 별들이 내게 흘러들어와 둥지를 튼 것 같다.

반짝이는 새소리를 들을 때마다 별들이 함께 날고, 까닭 없는 오래된 꿈들이 살아나 설렌다. 그것이 때론 시로 부화되어 이제 19년간 떠돌아다니던 내 시들이 두 번째 집에 살게 되었다. 문을 열고 들어설 때 나도 어쩜 다시 태어날지도 모르겠다.

영랑호와 바다가 만나는 곳에 어스름이 내리면 새들이 제자리를 찾아 낮게 나는데 별인지 새인지 하늘인지 내 안인지 구분이 안 되어 더욱 황홀하다.

내 시의 근간이 되어 101세 되신 어머니와 사랑을 아끼지 않는 남편과 가족, 동인 여러분, 해설로 깊이를 더 해주신 김진수 교수님, 강원문화재단, 도서출판 북인, 시를 아끼는 분들께 감사드린다.

2020년 가을 고요 속에서
지영희

차례

2부

3부

4부

1부

구름

구름을
구름이라 말하지 마라
언어의 덩어리다
이 땅에서 내버린 수많은 언어들이
뿌리 내리지 못한 채
때로는 맨 위에서 세상을 대신해
하늘의 존재를 대하고 있는데
어떤 언어는
골짜기를 이루어
파도치듯 가슴을 쓸어내리고 있더라
우리가 막 버린 말들이라도
먹구름이라 부르지 마라
하늘에서 보니 새하얗더라
그지없이 평온한 참회더라

청호동으로 가는 갯배

너에게 내린 줄을 당기고 싶다는 건
내게로 오게 함이었다

뱃전에 달라붙는 소외된 냉기쯤
더 아플 것 없는 청호동 바람에 훑어내고
가끔 큰 배가 지나칠 때마다
물결 사이로 솟구치는 유혹은 두려움이기도 하지만
네가 왜
먼 바다에까지 외등을 밝히고
밤마다 서성이는지 알아야겠다
갈고리에 끼운 쇠줄
힘껏 당기어
네 가슴 한가운데를 끌어내는데
내 먼저 가고 있는 건
발 먼저 내달아지는 건 무슨 까닭인가

바람 속 너를 끌어안고 싶은
오늘
내 가슴 한가운데로
굵은 쇠줄 하나 내리고 싶다

저녁 어스름을 나는 새들

별에도 검은 색이 있다면
저녁 어스름에 떼 지어 나르는 새들과 같겠다
맑은 눈동자도
화려한 깃털도
딱딱한 부리와 발톱도
별을 위해 낮추고
낮은 하늘을 비추는

우리는 왜 새들을 희망이라 하고
자유로움을 새로 노래하는지
저 별들을 보니 알겠다
단순한 몸짓으로 넉넉한 저녁 하늘을 노래하는
살아 있는 별들
땅에도 내려왔다가
하늘에서도 아름다운
가까운 별
내 안의 새들

달이 심상찮아요

어젯밤 달은 심상찮았어요
우울하게 시작되는 영화처럼
검은 구름 한자락 걸치고
나올 듯 말 듯 훤한 내음만 뿌리고 있었지요
까칠한 목줄기 너머
카페라떼 한 모금이 문득 눈물로 삼켜질 때
찻창 오른쪽 위 구석으로 얼핏 지나갔지요
지난 딱지들이 터지면서
강낭콩 뿌리처럼 불끈 일어서는 걸
꿀꺽 눌렀지요

삶이란 참 그렇더군요
두더지 게임처럼
한쪽이 즐거우면
뭉쳐진 슬픔으로 어둠 속에 잠겨 있어야 하는 거
고장날 때도 있지요
아무리 내리쳐도 들어가지 않는 절망과
햇살 뽀얗게 바르고 빤히 보는 두더지
딱히 좋고 나쁨으로 구분할 수 없는 사랑처럼 말이죠
검은 구름이 덮으려는지 벗겨지려는지

달이 품어드는지 벗어나는지
바로 보아야 할 앞길에 먼저 가고 있었어요

오랫동안 외롭지 않았다

오랫동안 외롭지 않았다
별들은 책갈피 속에 끼워져 있고
코끝을 스치는 고요도 손끝에서 사라졌다
시계 긴 침에 매달아놓은 그림자를 따라다니느라
햇살이 얼마나 되는지 몰랐다
비 온 다음날
한 대접 크기도 안 되는 웅덩이에서
물은 한 양동이나 되게 나왔다
보이는 것을 믿는다는 것이 얼마나 허망한 일인지
얼마나 될까 햇살이라면
얼마나 될까 웅덩이에 고일
사랑해야 할 것들의 그림자들은
가끔씩 고요한 양지쪽에 웅덩이를 파놓고
퍼내도 고이는 햇살에
온통 외롭고 싶다

심장 터지는 고개

물론 심장 터지는 고개는 하루키 거다
상실의 시대를 살아가면서 남은
울음 긴 여운
오십천 마지막 구비에 걸쳐진 출렁다리의 울렁임이
뜨거운 한낮의 외로움으로 읽혀지는데
그게 그러니까 그리워진다
매일 10층 계단 위에 살면서
심장 터지는 고개를 그리워하는 건
동백산장이 없어서라기보다
풀어놓을 개똥벌레가 없어서라기보다
넘을 수 없기 때문이다
매일 눈 뜨는 아침이
지지 못한 낮별이
해질녘 바라다보이는 산능선들이
그리움이란 걸
넘을 수 없기 때문이다

심장 터지는 고개는 언제나 내 거였다

비룡폭포, 숲 속으로 뛰어들다

매순간 자신을 쏟아내지 않고는
선해질 수 없다
위로 치솟아 노래에 맞춰 춤춘다 한들
제 아무리 수백 물줄기가 한꺼번에 솟구친들
현란한 빛을 흔든다 한들
자신을 내던져
옥빛 멍 가슴에 품지 않고는
날아오르는
아름다운 주름 한 줄기 남길 수는 더욱 없음을

숲 속으로 풍덩 뛰어드는
선善, 선線들

설악으로 덮인 도문동 들녘에 서면

겨울밤,
설악산 아래 도문동 들녘은 나를 나무이게 한다
안간힘으로 버티는 뼈마디 구석구석
따뜻한 말씀으로 생기를 불어주는 설악의 깊은 숨을
꼼꼼히 읽는 나무

산그림자 따라 들녘으로 내려와
오감을 펼쳐
설악이 안겨준 아름다움으로
때마침 지나는 이의 슬픔을 덜어주는

세상 다할 때까지
설악산 품에 따뜻해진 향기를
고양이걸음으로 오는 바람에도 눈처럼 날려줄 수 있다면
있다면

설악으로 덮인 도문동 들녘에 서면
은은하게 익어가는 나무가 된다

히말라야 산맥

누구와 부딪쳐 이렇게 큰 산맥을 만들어놓았나
사시사철 늘 하얀 눈으로 덮여 있는 순수성에 굴을 파
때 묻지 않은 상념
언제 이렇게 수북이 낳았나

조각난 마음들
그러니 다시 보지 않을 거야, 스치듯 떠올리며
반대쪽 하늘을 바라보고 쓴웃음 짓는 가슴 깊숙이에는
뜨거운, 겉으로 표출하지 못하는 뜨거운 사랑이
돌파구를 찾아 수없이 빵빵 돌아다니는 걸 몰랐나
오랜 시간 속에서 서서히 다가오는
그 사이
언제쯤인가는 땅의 역사가 말해주듯 불덩이를 쏟아내
히말라야의 저 쩡쩡한 정신을 보여주는데

땅보다도 더 무거운 마음
때로는 낮게 엎드려 물속에 잠겨서라도
오래도록 그렇게 있어야 생명이 된다는 걸
그러기에 사랑해야 한다는 걸 몰랐나
나두 참

김치 쪼개기

김치를 쪼갠다
가느다란 두 젓가락으로 갈라내려니 만만치 않다
그도 그럴 것이
햇살 덩어리와 셀 수 없이 많은 빗줄기와 함께한
흙과 손길이 팽팽히 묶인 섬유질에
가당찮게 젓가락 두 개라니
만만하게 젓가락질 하다간
지워지지 않는 붉은 국물의 경고 받기 십상이다
손님 대하듯 겸손하게 쪼갠다
피까지는 아니더라도 나를 나누어야
맛있게 살 수 있다는 이치를 속살 하얗게 보여주는
쪼갠 김치

금방 한 밥 한 숟가락에
방금 쪼갠 가르침을 처억 걸친다

난 이 세상에 무얼까

난 이 세상에 무엇일까
바람은 팔다리가 없어도
먼 알래스카의 꿈을 치맛자락에 묻히고
산능선을 넘으며 그리운 옆모습 하나 그려놓기까지 하는데
끈 없는 모자를 살짝 들어올려
겹쳐진 나뭇잎 사이로 팍팍 터지는 하늘 보게 하는데

내려놓아야 살 수 있다는 말이
내게로 온 지 십여 년이 지났건만
뿌리를 내리지 못하고 뒤척이고 있다

따뜻한 마음을 갖고 싶다고 했던가
무엇이든 그냥 오지 않는다는 걸 알고부터
바라는 일이 두려워졌다

이 세상에 나는 뭘까
가끔 궁금해하며
궁금해하며 조금씩 설레는 그 순간이
그냥 좋다

그래도 미안해

이층 창가 스테인레스 가로대에
작은 말벌집
덩그마니 꽃처럼 매달려 있다

위험하기도 하거니와 공부도 될 것 같아
한 채 따서 꽃 보듯 돌려다 본다
칸칸이 있는 새하얀 알들이 지적 호기심 채우고
다른 교실로 가는 동안
말벌 한 마리 들어와 이리저리 돌아다니다 나간다

뜬금없이 내 새끼들이 그리워진다
통째로 잃어버린 아린 가슴 좇다가
하루가 턱없이 길어졌다

물수제비

지금이라는 걸 무심히 내던지면
동그라미 몇 겹 그리며 뛰어가는 곳이 있다
오십천 줄기 따라 걷다가
몸속 요충을 햇살에 함빡 쏟아내면
온몸으로 받아
호박꽃 흐드러지게 내던지던
오십천 수풀

오래 전에 건물 속으로 묻히고 강줄기는 꺾이고
나마저 떠나왔는데
내 조약돌은 틈만 나면 오십천 위를 뛰어다닌다

미시령 옛길

미시령 터널이 생긴 이래
옛길이 되고 있는
미시령 고갯길을 가본 적이 있는지요
꽃대궁 늘어지게 누운 길
저희들끼리 이마를 맞대고
저녁 어스름 고요를 헤치며 어정거리는
한밤, 별들이 와그르르 구르기도 하는
그 길
가끔은 산짐승들도 한가하게 거닐곤 하겠지요
우리가 통행료 이천팔백 원 세고 있을 동안
우리가 빠른 길 달리고 있을 동안
우리가 옛길이라고 말하는 동안
우리의 기억을 덮고 있는
꽃과 고요와 그리고

미농지

한 자 한 자 조심조심 써내려가는 편지 같은 이
구김 가지 않도록 정성껏 열게 하여 속을 보이는
남을 귀하게 만드는 이
어느 방향으로 접어도
꺾이거나 부러지지 않고
원하는 대로 가되 부드러운 그 모습 잃지 않는 이
다른 이의 마음 있는 그대로 읽어내는
아련한

오래 전 그 풀들은 어디로 갔을까

스크럼 짜서 산을 차지한 아파트
저기는 바로 강줄기가 놓여 있던 자리다
낮은 둑길 따라
안개가 늦도록 걷던,
자갈들의 숨소리와
강이라 할 수 없는 물줄기가 어정대던 저곳
젊은 내 피를 뜨겁게 불러내 함께 걷던
저 둑길 어디로 갔을까
발목을 따갑게 혹은 간질이던 저 풀들
어디쯤에서 웅성대고 있을까
푸른 핏물 튀기며 흘러가는 소리만
둘 곳 없이 창을 넘는다

2부

아름다운 것
—사는 힘 한 가지

출판기념 시낭송회를 열일곱 해 참여하면서
때론 시가 아닌 선율이 있는 노래로 대신하고 싶었다

언제나 욕실에서 부르길 좋아했다
적당한 울림과 혼자만의 공간
아니, 잘 되는 것처럼 여겨지는 유일한 곳이기에
레슨을 받아야겠다고 생각했다
사설학원과 연락이 되고 약속은 되었으나
웬일인지 강사는 끝끝내 나타나지 않았다
그해 겨울, 시낭송회가 지나갔다

가끔 불 켜진 욕실문 열 때마다
뜨거운 것이 스치는 것 말고는
흥얼거림조차 잊었다

안다
한번 심은 불씨는
불길이 꺼졌다 해도 다시 살아난다는 것을

아름다운 것
— 민박집 아저씨

시골 여학교 체육교사가
민박집 아저씨를 꿈꾸던 이야기는 이렇다

하루에 서너 차례 기차가 지나간다
누워 있으면
밤기차 밑으로
온몸 울렁이던 웃풍 센 그 자리
사층 원룸 민박 건물이 세워졌다

전망 좋은 이층 거실 탁자 앞에
이것이 민박집 아저씨 모습일 거라며
예약 즐비한 수첩 보며 외는데
빨간 덧문 사이로 기차가 지나간다
세워둔 기타가 웅얼거린다

훗날 앞마당 공연을 위해 매일 연습해, 노래 연습
— 별이 빛나는 밤에?
아니
— 찬찬찬?
조동진

노래는 웬만한데 이게 잘 안 돼

왼손가락 허공에 여섯 줄 현란하게 짚는데
벽에 기대놓은 기타가
거실 한가득 출렁인다
민박집 아저씨가 되는 일이 아름답다고 여긴 건
나의 넷째 오빠였기 때문만은 아니다

아름다운 것
—상처

용서해야겠다
닷새에 걸쳐
앞뒤양옆 사정없이 긁어놓은
자동차를 본다
처음엔 아이들 장난이려니
둘째 날엔 재미가 나서 그러려니 했다
긴 선 한 줄씩 걸쳐질 때마다
누군가의 마음을 언제 저토록 아프게 했을까
내가 섬뜩해진다
그래서 너의 상처가 나을 수만 있다면
마음껏 긁어라
사람들은 차를 볼 때마다
그 누군가를 욕한다 욕한다
나는 얼른 그 욕을 먹는다
감히 용서받아야겠다 배불리 받아야겠다

아름다운 것
—쉰다는 것

게으르다
좀 더 깨끗이 정리하는 일도
음식 만드는 일도
사람을 만나는 일도
다 싫으니
확실히 게으른 거다
잊고
방으로 스멀스멀 돌아가
먹고읽고자고쓰고
밤낮도 바꾸어 쓰며
한 달쯤 그렇게 살 수 없을까
게으름 떨다 떨다 보면
떨어진 자리에
새살이 돋을 거야
새빨갛게 꽃처럼 돋아날 거야

아름다운 것
— 자유는 자연이다

드라이어로 뜨거운 기운을 쐰다
한곳을 향해
거침없이 쭉 뻗는 머리카락을 위해

본질은
물기만 만나면 오들오들 되살아나
제 삶 그대로 드러내는데
아침마다 한 방향으로 가게 한다
아름다움이라는 덫을 향해
뜨거운 맛을 보인다

하, 되살아날
저 자유

아름다운 것
— 어떤 피로연

결혼식 피로연을
네 시간 동안 하는 것을 보고 온 날
사람이 되기로 했다

사진 서너 장 끼운 큰 액자에다
빼곡히 써넣은 마음들
그들의 만남 길게 말해도
조용히 기울이는 시선들
잘 부르지 못하는 노래라도
흥겹게 어우러지는 미소들
와인잔을 두드리는 소리에
음식 먹다가도 일어나
뽀뽀하는 신랑 신부
띄엄띄엄 진행되어도
자리 하나 비우지 않고 끝까지 함께하는
하객들

살아야겠다
쏟아지는 와인잔 소리가 아니더라도
사람답게 사는 일에 입맞춤하며

아름다운 것
— 그녀는 詩다

두 박사 아들과 박사 며느리를 둔 사촌 경옥이 언니는 형제 중 제일 무뚝뚝하고 인물이 없었다 내가 그녀를 인식하기 시작한 건 우리 엄마를 함부로 대하던 그 형부 때문이었다 그녀가 병든 시아버지 수발에 농사까지 혼자 짓는다는 칭찬이 내게까지 흘러와도 뜨악했다 가끔 그녀가 친정에 들러 우리 엄마를 위해 애쓴다는 얘기에도 마찬가지 그러던 어느 날 당뇨와 신장 때문에 한 주일에 두 번씩 투석하는 남편을 병원에 들여보내고 왔다며 콱콱 막히는 더위에 오자마자 작업복으로 갈아입고 청소한다 명색이 딸인 내가 말려도 일부러도 운동하는데 살 빼고 좋지 머어 하며 봉사니 도움이니 하는 기조차 없이 땀에 젖는다 외려 지난 설날에 준 참기름 잘 먹고 있다며 고마워한다 내 원 참, 부끄럽고 괴로워 얼른 주방으로 갔다 따라와 설거지를 거들며 큰어머니는 내겐 친정어머니 같아 옷도 사주고 반찬도 챙겨주고 난 엄마를 얻었어

용돈만 드리는 피붙이란 것이 뭐냐 사랑을 노래하는 시인이 다 무에냐 사랑을 제대로 알고 행하는 그녀, 그녀가 바로 詩다

아름다운 것
— 사랑 혹은 이별이라는 의미

아프다고 말하지 않았습니다
그리워할 거라는 말도 하지 않았습니다
못 본 척도 본 척도 않고
눈물도 없이 하늘만 봅니다
하늘 한가운데로
소리 없는 느낌이 지나가는 자리에
흰 구름 한 줄기 거칠게 일어납니다
울지 않길 참 잘했다 되어봅니다
내일 또 다시 하늘엔 새로운 구름이 떠가고
그렇게 떠가고
그래도 아름다움은 오래 남을 겁니다

아름다운 것
—성악가

오래 전 미국에 갔을 때 그는 새로운 사업에 필요한 자격증을 따려고 공부하고 있었다 쉰이 훨씬 넘은 나이에 한글도 아닌 영어 사전 찾아가며 생소한 전문용어 익힐 무렵 그는 맹인인 테너 안드레아 보첼리를 따라 간간이 절규하듯 노래 부르며 탄력을 얻곤 했다 곧 바다로 나가 불러볼 거라며 두 눈 가득 푸른 파도를 담아낼 때 난 소리꾼들의 득음 과정을 이야기했던 것 같다 그랜드캐넌 다녀오니 그는 자격증 땄다며 오 솔레미오를 부르다 고음에 걸려 기침을 한다 어렴풋하다

혹시 전화 못 받았어요? 레슨을 받겠대요 성악가로 데뷔하고 싶다나요 연습에 들떠 있어요 만약에 연락 오면 실망하지 않게 힘들 거라고 말해주어요 우리들 말은 별로… 그때 그 자격증으로 새로운 사업을 시작했다며 걱정스레 전화를 끊는 올케에게 난 축하한다는 말만 한다

처음이었다
두 눈썹이 새까맣게 붙은
동네에서 소문났던 호랑이 오빠가
아름답다고 여긴 것은

베니스의 노래

누군가 수없이 배를 매었다 풀었을 백향목에 걸쳐놓은
부르지 못한 노래는 지금 무얼 하고 있을까
햇살을 받으며 골목을 걷는다는 걸
흙들이 담 밑에 기대어 작은 풀뿌리를 간지럽히는 걸
알고나 있을까
좁은 창틀에 걸터앉아
낯선 동양 관광객을 물결처럼 바라보며 전화하던 그녀
골목에서 울리는 발자국 소리의 평화를 궁금해하기나 할까
젖은 건물 사이 제 홍대로 줄지어 선 백향목
어떤 희망에 심었길래 오래도록 썩지 않는지

늦은 밤
홀로 검은 건물을 두드리며
세상과 교신할 두고 온 노래가
베네치아, 베네치아
새하얀 빛을 물 속 깊이 박는다

삼척 여자

텃세 세다는 강릉에서 학부모회장을 거머쥐는 여자
술안주로 무를 뚝뚝 잘라 먹으며 놀아도 아침이면 정시 출근하는 여자
사투 벌이는 남편 위해 울지 않고 거뜬히 아들 장가들이는 여자
교통사고로 물리치료 받아도 알래스카 등반 서슴지 않는 여자
남편이 전 재산 날려도 입 다물 줄 아는 여자 다시 일어서는 여자
친구 일이 내 일인 양 혼동하는 여자
골프채 대신 주걱 휘둘러도 신나게 웃는 여자
노래에 취하여 하이힐 벗어들고 흥 돋우는 여자 돌아서면 조신한 여자
시장 골목에서도 시를 줍는 여자
삼척일이라면 앞장서서 깃발 드는 여자
그러면서도 커피 홀짝이며 울 줄 아는 여자
자식이 명문대생이면 자기도 명문대생인 줄 아는 여자
그러나 부족한 친구 앞엔 잘 나가는 걸 숨길 줄 아는 여자
조심해도 목소리 커지는 여자
다른 지역 사람이 들으면 모두 같은 목소리인 서울말이

안 되는

그래, 나도 삼척 여자야

토요일 아침 빈자리에

고종 황제 가족사진이 신문에 났습니다
고종과 순종
수염이 있고 없음밖에 구분되지 않는
불운의 기운까지 닮은, 웃고 있는

바람은 운명과 같아 무어라 말할 수 없으나
분명 나무 끝에 걸려 있었습니다
운명이
하늘과 구름과 여린 싹과 함께 어우러져
딱딱한 보도블록을 서너 개씩 건너뛸 때
푸른 삶이 내 머리 위에 출렁이었습니다
잠시 장자의 '은근한 빛'을 떠올렸습니다
그리웠습니다

고종께서, 의왕의 아들 이건 아기님께서
나를 바라보십니다
벽에 매달려서도 천진스럽게

삼층까지 올라온 향나무 끝이 구름처럼 흔들리고
운명이 오고 갑니다

베보 발데스

쿠바 음악의 살아 있는 전설인 그는
느낌 없는 천 개의 화음이
정성 담긴 한 개의 음을 당해낼 수 없다고 했다

눈물이 핑 돈다
저 안,
메말랐던 발끝부터
심장을 돌아 눈꺼풀에 이르기까지

단 한 단어
온몸이 담긴 단 한 개의 언어

한순간 돌아나와
영혼으로 끌어올려지는
시詩

베보 발데스

의사 안중근

깨어진 처마 밑에 놓인 절구 지금 비가 고이겠네요
연변 방천에 다녀오다가 님의 초가집에 들렀습니다
미처 빠져나오지 못한 김이 검게 서린 무쇠솥들을 내려다보며
간신히 기대어 있는 굴뚝의 높이를 가늠해 봅니다
쓰러지는 채로 버려진 숨결 한 줄 한 줄 거두어
가방에 넣어 오려했지만
쪽판자 녹슨 침대마저 허전해할까봐
천정만 바라보는데 흙이 떨어질 것 같더이다
굵은 자물쇠 벗겨 문 열어주던 여인네는
바닥이 지저분하니 신발 신고 들어가라고 재촉합니다
순박한 짙은 눈썹과 검은 눈이 박힌 사진은
교과서에서도 보아온 터라 울컥 반가웠지만
거친 돗자리는 벌떡 일어나 내 가슴을 훑어 내립니다

수없이 눈길이 닿았을 집 뒤 포플러와
올곧은 뜻 붉게 고이던
님의 발자국이 덮인 마당은 여전히 반듯했습니다

나라를 위해 이국의 깊은 정적까지 껴안은 큰 가슴에

잦은 플래시만 터뜨리는 미안함을 구겨놓고 나왔습니다
님이 바라보았을 앞산을 찍으면서요
큰일하러 떠나던 그 길, 이 빗속에 누가 걸어갈런지요
옆뜰로 난 썩은 한지문이 애잔해 옵니다

참, 그나마 〈안중근의사생애〉라고 쓴 큰 안내석을 고마워해야 할까요?

흐르는 시간 속에서 낭만 혹은 잃어버린 단어를 찍어 올려보는 즐거움

거침없는 지성으로 꿈을 마음대로 조정할 수 있다고 한 양주동 박사
치켜올라간 눈썹과 양복 속 목티 차림으로 주말의 명화를 소개하던
마지막 로맨티스트 정영일
젖가슴에 구멍 낸 런닝 입고 시낭송 하던 걸레 스님 중광
두만강의 김정구
윤정희 문희 남정임 트로이카를 알고 있어서 행복

검정 고무신에서 빨간 찰고무신 헐렁한 검은 운동화 구두까지 다양하게 신어보아서
발가벗거나 빤스 바람으로 강가에 뒹굴며 몸 말려보아서
통행금지 알리던 사이렌 소리와
고향집 앞 지금은 없는 굴다리를 기억하고 있어서 행복

처음 텔레비전이 들어오던 날
마당 끝에 세우던 안테나로 바깥세상 빨아 당겨
여로 월튼네 사람들 애수 링 위의 김일을 흑백으로 마구 쏟아내던 때
100회 넘긴 패티 김의 고정 프로그램도 흘렀다

이 순간도 빠르게 흐른다
훗날 그리움 될 것이니 행복

용재 오닐의 눈물

리처드 용재 오닐을 좋아한다
진지한 고뇌의 소유자라서가 아니라
비올라를 지극히 사랑해서가 아니라
섬집 아기를 흘려서이다
그는 내게 눈물이다
그를 듣고 있노라면
골 깊은 주름살들이 살그머니 내게서 떠나
처음부터 조금씩 그의 손끝에 걸어진 양
함께 연주된다
슬픔들은 당당히 내 얼굴을 밟고 지나가고
오랜 일상이 말갛게 우러난다

울 수 있다는 것이 얼마나 기쁜 일인지
용서가 없으면 눈물도 없다
리처드 용재 오닐의 섬집 아기를 듣고 있으면
어릴 적
섬집 아기 가사를 틀리게 노래한 나를
웃음으로 무안주던 아이들과
함께 웃고 싶어진다

3부

어스름에 대한 증명

초록빛 사이로 짙은 회색 무늬 만들기
회색 뒤쪽
남은 낯이 붉게 타올라 잿빛으로 나무 그을리기
나무 그을림 속에 아이 부르는 소리 여울지기
소리 안에 조바심치며 끓는 찌개가 두어 번 뒤척여지기
뒤척여지는 기억에 그리움 조금 묻어나기
묻어나는 쓸쓸함에 꽃 꽂아주기
꽃잎에 떨어지는 안개 두 손으로 쓸어주기
쓸어안은 팔 안으로 무적 울리기
울려오는 떨림에 곤한 머리 가만히 대어보기
다가오는 커다란 그림자를 흘깃 보다 눈 감기
흘러내기
흘러보내기
흘러가기
곧 모든 무늬와 하나 되기

새벽별

잠자다가 눈을 뜬다
설익은 아침 언저리 뚫고
꼿꼿이 쏘아지는 생각들 천정에 박히는 소리에

안 자고 뭐 해?
앞으로의 인생을 생각해
과자 봉지 쌓아놓고 만화책 실컷 읽는 어릴 적 꿈 같은 거?
이를테면, 파리로 가야지
가서 뭘 하려구?
햇살 위에 앉아서 에스프레소를 마셔야지
여기서는 안 되는 일이야?
햇살이 달라, 가끔 나오는 햇살은
어떻게?
가봐야 알지 고흐의 황금빛일지, 모딜리아니의 푸른 빛일지
그리고?
나머지 생은 스치던 꿈들을 꼭 잡고 살고 싶어
금방 사라지는 노을일지라도 검은 능선까지 태워볼 거야
그런 다음엔?
그냥 별이 되는 거지 어둠이 오든 빛이 오든 그냥 그 자

리를 지키는 거야
　혹시 알아 존재만으로 희망이 될지

　천정에서 새벽별이 쏟아진다

비 온 뒤, 낮잠

창문 열고
책을 들고 있으니
잠이 온몸에 젖어든다
비 따라 생긴 길로
한낮 고요함 속에 말씀이 가만가만 걸어와
구석구석 안녕한지 안부를 묻는다
마음이란 것이 사람마다 달라서
나에게는 고마웠던 것이
한 걸음만 건너도 불편이 되어버리기도 하니
아픔이라고 답했다

언제나라는 것도
함께한다는 것도
좋은 것이라는 것도
내 틀 속에서 나가는 것이라
사람의 길은 꿈속에서조차 힘들다
온몸이 젖어들어도

야무진 바보

상공에서 내려다보니
오십 년 조금 넘은 거친 이 땅에
벗어날 것 같으면 툭 한번 쳐
산자락 돌아가는 부드러운 강줄기 만들고
주저앉을 것 같으면 살그머니 부축해
밋밋한 풍경에 햇살 같은 폭포수 하나 놓아
바다에 닿을 때까지 구비마다 길 터주어
아름다운 풍경으로 가꾸고 계셨구나
그 분

이름자 위에 써진 모든 것에
스스로 자랑삼았으니

참 바보다

올봄엔

올봄엔 바람길 따라 가봐야겠다
가다보면 따뜻한 숨결도 볼 수 있으려나

아지랑이가 피어나는 거기에
식은 가슴 대보아야겠다

혹시
꽃이 될지도 모르는 일
나비가 될지도 모르는 일

바람길 잡고 들어가야겠다
봄 안으로

그녀들이 날다

첫 여행 떠나는 오십대 초반 그녀들이
낮은 형광등 몇 구만 눈뜬 대합실 의자에 앉아
여행가방 이야기로 끈을 푼 것이
새로 산 신발 서로 바꾸어 신어보고
화장실도 우르르 다녀오고
가져온 비타민 홍삼가루까지 나누며
조잘조잘 새벽 참새다
그 어렵다는 자식 취직 얘기에 들뜬 그녀
세상 등진 남편과 토달거리며 함께 사는 그녀
잡지 속처럼 정갈한 서랍을 가진 그녀
대가족을 자식처럼 품고 사는 그녀
늦둥이에게 어린 웃음 배우는 그녀
그래, 하늘을 날아 세상 반대쪽까지 가보는 거야
편지도 써보는 거야
아이들처럼 실컷 재잘거려보는 거야

아, 참다운 새들

올려다본 풍경

속초 중앙시장로 5층 건물 옥상
보랏빛 라일락 한 그루가
겨드랑이에 봄 그림자 끼고
난간에 기대어 서 있다

잠시 길가에 세워둔 자동차 문이 열리는데
한때 즐겨 듣던 카루소*가 성큼성큼 걸어나온다
카루소 안에서
낮은 기타 선율과 한 남자가 뒤따라 나오고
라일락 향기가
비릿한 시장 사이를 비집고 다닌다

탱글탱글한 기억으로
온 봄 버무리며

문득 올려다본 풍경을 검은 비닐봉지에 담고
집으로 갈 55번 버스에 오르는데
떠나간 카루소 쪽으로 몸이 기우뚱거린다

* 1873년에서 1921년까지 활약했던 테너 엔리코 카루소의 생을 노래한 곡. 루치아노 파바로티가 부르기도 함.

사월 셋째 날에 쓴 일기

사진 속 시낭송하고 있는 얼굴
턱과 귀 사이에
언제 저 아픈 살이 붙어
햇살 닮았던 눈빛을 구부리게 했을까

하늘이 낳아준 그대로 살지 못하고
양볼 주머니 따로 챙겨
쏟아내지도 못할 욕망을 담게 되었을까

봄날 햇살처럼
담 틈새 핀 풀잎에 말 걸며
가벼이 가벼이 살 수는 없었던 걸까
군살 빼고 주머니 내던지고

그래서 오월은 푸르다

— 마스크를 말려서 다시 써도 됩니다

마스크 사기 위해 선 긴 줄 위로
우산들이 또 한 줄 이루던 날
마스크 한 장 빨랫줄에 걸어둔다
갓 태어난 손녀 옷으로
코로나19 재빨리 갈아탈까봐
한 손으로 가리고
멀찌거니 빨랫대 한 귀퉁이에 건다

의료진들도 아끼느라 반복하여 쓴다는
귀한 마스크
어느 새 여러 장,
생명 던져
손끝으로 안녕을 피워올리는 의료진들께
한 손 고이 바쳐 세워보는 엄지 위로
마가렛 꽃 되어 하늘거린다

오월은 역시 푸르다

풀처럼

한 알로 떨어진 돌 틈에
가을 겨울 끼워 넣기

지나는 이들 웃음소리와 발걸음에
심장을 품고
흰 눈 속에서 서늘함의 향기 배우기

시선 한 줄기 없는 길가에
덮치는 봄
비집고 나오는 연둣빛 위로
터지는 반가운 숨결에 감사하기

숨구멍마다 꽂히는 빛화살
초록빛 흔들림과 탱탱한 생애 한 줄 걸어
되쏘아보내는
풀처럼
여름풀처럼 살기

심심한 초여름 오후

발가락 위로 스멀거리는 피들의 휘돌림을 느껴보아야겠다
빠른 길을 오느라 잊고 있었던
골목길 오를 때 차오르는 숨결의 높낮이를
블록담 밑 풀들의 해바라기를
누구와 누구는 좋아한다 누구 바보라는 낙서를
담 모퉁이에 기대어 졸고 있는 고요함을
자동차에 밀려 사라지는 따끈따끈한 발자국 소리를

혹은
배 안에서 일어나는 소리를
흰머리 나느라 근질거리는 머리 밑 쓱쓱 긁다가
흘깃 쳐다본 푸른 하늘을
빈 오후를 희롱하는 라디오 소리
모두 내 안에 들어가 휘돌아다니는
이 떨림을
따라 다녀보아야겠다

모처럼 찾아온 심심한 초여름 오후

돌아가는 길

가을 창으로 바람이 성큼 들어온다
난잎이 흔들리고
푸르던 잎맥 위로 제 그림자 겹겹이 쌓여
숲이 된다
펜을 잠시 걸쳐놓고
눈을 감는다
발밑으로 부서지는 잎들의 마지막 말씀과
흘러가는 구름 몇 점 녹인
햇살에
희끗희끗한 머리카락 물들이며
자신으로 돌아가는 길을 헤아린다

우선
걸어들어오는 바람에
지난 여름 뱉어내지 못한 말부터 들려보내야겠다

가을바다

바다가 푸르게 식어가고 있다

어릴 적 빠뜨렸던 고무신과
먹다 던져버린 토마토 꼬투리
남 몰래 풀어둔 뜨듯한 오줌 줄기들

어머니는 참외 복숭아 대신
왜 달지도 않은 토마토만 많이 사셨는지
먹다버린 그것들이 한 농장 이루어
창 너머 보내는 푸른 손짓

올해도 해수욕을 하지 못했다
먼 가족
고무신 한가득 웃음소리 태우고
푸르게 푸르게 기억 속으로 살러가는
가을바다

겨울나무

겨울 한가운데 서서

온몸 꽂히는 햇살 수혈 삼아

안으로 붉은 한낮 키워

새로운 숨결로 뭉쳐진

잎이다

꽃이다

우울한 겨울, 그 달콤함

참으로 오랜만에
물주전자 끓는 소리에
기타 선율 한 가닥씩 빠뜨린다

겨울이 가는 발자국에 안개 같은 눈이 안기고
낯선 그리움이
눈 위로 사각사각 발자국을 낸다

내 옆에 좋은 사람 보내주셔서 고맙고
내 뒤에 좋은 사람 주셔서 고맙고
내 앞에 좋은 사람 두어서 고맙고
내 위에 좋은 분 우러르게 해서 더욱 감사하다

눈꼬리 밑으로
건조한 일상이 젖어가는
눈 흐린 밤
따뜻한 기타 선율이 창에 서려 발자국을 덮는다

눈이 내린다는 건

— 아나똘 프랑스는 자신의 열정과 사랑
그리고 증오 그 자체가 악마라 했다.

내리는 눈을 바라본다는 건
마음을 씻는 의례이다
바라만 보아도 아픈 걸 보면
설레는 걸 보면
무언가 쓰고 싶은 걸 보면
창가에서 따끈한 차 한 잔 품고 싶은 걸 보면
전화기에 대고 속엣말 쏟아내고 싶은 걸 보면
장작불 타오르는 난로에 물 끓는 소리를 듣고 싶은 걸 보면

어느 참회하는 이의 창가에 쌓이는
새하얀 축복

4부

무단히 그릇이 깨지다

너도 나만큼 사느라
온몸에 보이지 않는 멍이 들었구나
따뜻한 마음 받으며 온몸 뜨겁게 달구었고
차가운 눈빛 견디느라 이 꽉 물고 묵묵히 받아내었지
가끔 콕콕 찌르는 젓가락처럼
아끼는 이들로 받은 상처
이유 없이 아파야 하다니 운명이다 싶었겠지

서로 부딪히며 알아가는 거였어
산다는 게 그리 간단치가 않다는 걸
나답게 사는 일이 곧 누군가를 위하는 일이라는 걸

아끼는 그릇만 잘 깨진다

가을꽃

구순이 훨씬 넘은 우리 엄마
하루 종일 꽃처럼 오므렸다 폈다
등으로 무릎으로 떨어지는 시간을 만지작거린다
평생 일에 묻혀 살아도 일이 운동이라더니
먼 데 사는 딸이 보내주는 감자떡 쪄먹는 일도 귀찮고
길게 말하는 전화 받기도 힘들다 한다
밤은 엄마 몸을 뜨겁게 달구었다 식혔다 덖음질하니
단풍이 슬픔이기도 하겠다

하늘 높은 날
국화 향기 은은한 햇살 한아름 꺾어
지난 세월 흐릿한 가슴에 안겨드리면 뭐라 하실까, 하실까

엄마꽃

우리 엄마

우리 엄마에게는 향기가 살고 있다
지어주시는 밥 속에서도
말 속에서도
누구든 빈손으로 보내지 않는
뭉툭한 집게손가락에도
자글자글한 주름 속에서도
아흔여덟 해 내내
향기가 났다

그런 엄마 우리 엄마

내 푸른 핏줄기는 어디서 왔을까

어머니는 재봉하기를 좋아하셨다
한낮
어린 나는 재봉틀 소리 들을 때마다
재봉틀 발판에 내 발을 대고 잠들곤 했다
심심할 때도 재봉틀 발판 밟으며
규칙적인 소리에 내 심장을 맞대고 꿈꿨다
식지 않는 열정이
세상을 바늘땀처럼 촘촘하게 살아가는 방식이
어머니가 재봉하실 때마다
내게로 온 것은 아닐까

내 푸른 핏줄기는 어디서 왔을까

장칼국수

상처 없이 아린
겹겹이 싸인 옷 단숨에 들어가
드러내고 싶지 않은 마음 파내는
차가운 말
보내는 말이나 받는 말이나
언 말, 그 뒷모습에
따끈한 장칼국수 한 그릇 퍼주고 싶다

후후 불며 먹다보면
언 말도 스르르 녹아
따뜻해진 말로 배불러지겠다

검은 오디

여름이면
먼 산 아주머니들이
산딸기나 검은 오디를 팔러 오신다
집으로 들어오는 사람들을
엄만 그냥 보내시진 않았다
오디 한 사발 사면
고맙다며 한 사발 가까이 더 준다
돈이 없는 날엔 외상으로라도
사오십 리 되돌아가는 산길에 힘이 되어주었고
그런 날이면
목젖까지 까맣도록 단물에 젖었다

나도
누군가에게 오디만한 힘이라도 되어줄 때다
입이 까맣게 되도록
덤까지 한 사발 푹 퍼 나누어줄 때다

엄마가 되는 일

딸아이의 냉장고를 여니
문득 엄마 생각이 난다
딸집에 오면 편히 쉬며 대접만 받아도 될 터인데
들어서자마자 공 같은 몸으로
주방으로 화장실로 굴러
힘들 만한 시간을 모두 빨아당긴다
내 나이보다 많았던 엄마
어디서 그런 힘이 나왔을까
홀로 소리 없이 구르며
고단한 삶을 따뜻하게 핥아주시던
스스로를 위해 한번도 높게 튀어보지 않던
엄마를 딛고
우린 세상을 마음껏 튀어올랐구나
냉장고 문을 슬며시 닫고 보니
공 되는 일이 쉽지 않다

엄마가 된다는 건
자식들을 가장 높이 올리는
크기를 가늠할 수 없는 공이 되는 일이다

우리는 누구나 자신이 처한 모순을 잘 모른다*

봄눈을 바라보니
눈꽃 여러 송이가 내 안을 파고들어
뒷모습 따라 핀다

매일은 순하게 흘러가도
서운한 순간은 돌부리로 남아
등을 찌르는데

지금이라는 지난 세월 끝에 서니
꽃들이 피면 좋을 듯싶은 순간에
응어리진 시간들이 수런거리고 있다

풀어야 행복하지만
버리지도 못할 응어리라면
등 뒤로 피는 눈꽃 따라 붉은 점 두엇 찍어
꽃밭이라도 일굴 일이다
모순이 다시 시작되는
지금

＊고연희의『그림, 문학에 취하다』에서.

용서가 되고 싶다

빗소리에 잠을 깨니
장대비가 어둠을 뽀얗게 벗기고 있었다

두 눈을 방바닥에 붙이고 팔을 벌린다

용서는 구하기보다
용서하는 일이 더 힘들다
용서를 잡고 있는
상처의 굵은 뿌리를 밖으로 내놓고
용서라는 말을 밥알처럼 삼켜도
용서라는 말을 빗소리만큼 들어도
상처는 용서되지 않는다

오, 질긴 것
저 빗속으로 들어가
껍질째 벗겨
오장육부까지 흠뻑 젖고 싶어라
용서가 되고 싶어라

우울증

오십이 되었습니다
오늘 모임에서는 며느리감 이야기로
어둠이 깊어지는지도 몰랐습니다
언제부터 우리가 슬그머니 시어머니를 옹호하게 되었는지
요즘은
사람의 마음이 훤히 보여
불편할 지경입니다
보이는 만큼 보여주고 싶지 않은 부분이
적잖이 걱정되고
그냥 두자니 나이값도 못하는구나 싶고
가끔은 무엇이 남았을까 살피는데
아무렇게나 자른 머리와 어정쩡한 옷차림까지
발끝에 걸립니다
버리고 싶은 것이 나이만큼 되지만
나이만큼 길들여진 습성으로
그것도 다 입김이 묻어 있는 것이라
사랑스럽기도 합니다(위안일 뿐이지요)
오십이 되니 별게 다 보입니다
별 오십 개 잠깐씩이라도 늘 보였으면 좋겠습니다
깊은 우울에 가려져 있더라도

아직도 난

수빈이가 교실 문을 열고
— 54살 선생님, 나 발에 피난다
═ 12살 수빈아, 보건실 가서 약 바르렴

잠시 얼굴에 복숭아빛 바람이 스치더니
— 괜찮아, 54살 할머니

웃으면서도 살짝 기분이 언짢은 할 머 니
할머니가 꿈이라면서도
젊음이 좋다는 관념으로부터 자유롭지 않았구나
무엇이든 흘러가게 놓지 못하고 있구나
아직도 난

사는 연습실

앞집 창문 쪽으로 비켜 있던 우리 집 변소는
어두웠지
숨도 참고 들어가야 했어
가끔 피가 떨어져 있는 아래를 내려다보며
정말 귀신이 살지도 모른다고 여겼지
여름이면 마당가에 달린 붉은 꽈리 따다가
변소에 앉아 말랑해질 때까지
어둠이 먼저 지쳐 밑으로 다 빠져들 때까지
노래를 불렀어
실기대회가 있기 전날에도 불렀어
꽈리가 얇아 터지도록
엄마 나이보다 더 먹은 지금에도 노래를 불러
꽈리 울림이 샤워기를 타고 목을 흘러내릴 땐
아베마리아를 부르고 있을 때야
앞집사람들오빠들남편엄마내아이들뒷방고모우리통로
사람들
뒤엉켜 청중인 셈이지
성대가 말랑해져 숨만 쉬어도 꽈리가 울려져야
밑으로 빠져들었던 어둠까지 홈빡 살아나는 거야
그렇게 한번씩 사는 거야

늙는다는 건 아름다운 일이다

늙는다는 건
젊은이에게 무언가 나누어주고 고루 분배해줄 수 있다는 거*라고 한다
오래 되지는 않았지만
참으로 간절하게 품었다

살아가면서 가꾸어야 할 일이기에
늘 닦아야 할 일이기에
발톱 밑까지 투명하게 들여다보아야 했다

늙는다는 건 참 아름다운 일이다
크고 작은 고통에 미소 지으며 설 테니까
그 자체가 꿈일 테니까

＊임어당의『나에게 가장 소중한 것들』중에서.

쉿, 공부 중

아직 가야 할 길은 멉니다
좋은 이들과 함께할 때는
그 길이 다 한 것 같아 고요하다가도
그렇지 않은 이를 보면
고요 밑에 가라앉았던 것들이 함께 일어나 흐리게 하니
아직 길은 먼 겁니다
흐려진 길을 가는 건
얼마나 먼지 알기가 더욱 힘듦으로
아직은 기를 쓰고 좋은 이들과 어울리려고 합니다
무엇이든지 다 내어주고 싶으면
어떤 상황도 나의 일처럼 용서가 되면
웃음이 온 얼굴에 잔잔히 흐르면
좋은 이와 함께하고 있다고 여깁니다
정말 좋은 이는
흐린 마음을 오래도록 맑고 고요하게 합니다
너는 얼마나라고 묻지 마세요
쉿, 공부 중이니까요

넌 왜 그렇게 사니

넌 왜 그렇게 사니
라고 물으면 누구는 그냥 웃지요라고 했지만
그러게요라고 한다

이쯤이면 편하게 놀면서 여행도 하며
느적거려도 좋을 때라고
그러면 정말 좋을까
정말?

칸트는 말했다. 향수[향락]는 이념에 아무것도 남기지 않는 것으로, 정신을 우둔하게 만들고, 대상을 차츰 역겹게 만들고, 그리고 마음으로 하여금 이성의 판단에서 자기의 반목적인 기분을 의식함으로써 자기 자신에 불만족하게 하고, 언짢아하게 만든다고.

넌 왜 그렇게 사니
라고 물으면 이백의 산중문답을 떠올리며 답하겠다
지금 이 순간이 바로 푸른 산이고
분채물감* 흐드러진 별천지라고

*한국화 중 채색화에서 사용하는 전통물감의 한 종류로 아교를 섞어 색을 만들어 채색함.

어머, 늙나 봐

햇살을 깔고 앉아도 심심해지면
주머니마다 빛줄기를 툭툭 꺾어 넣어요
별이 되고 싶냐구요?
그립죠

무겁지도 가볍지도 않은 고요를 노래 삼아
팡팡 터뜨리는 봄꽃에
한 줄기 숨결로 꽃가루 날려 홍을 짓기도 해요
보도블록을 뒤꿈치로 콕콕 찍으며
치칫 뿜 칫 혹은 북치기박치기라도
별이 되진 않아요
그립죠

그건 나를 사랑하지 않아서가 아니에요
별들을 잊어서도 아니구요
아직도 많이 자라야 하기 때문이죠

심심해지고 싶어 햇살을 깔고 앉기도 해요
주머니에 꽂힌 빛줄기
등 타고 내리는 고요가 닿기라도 하면

혼자 애쓰지 말고 언제고 오너라, 치칫 뿜 칫
보이지 않는 별빛까지 모두 줄 것이니, 북치기박치기
들려요
아니, 부르죠

(도리도리) 뭐라도 자주 그리워했으면 좋겠어요

'꽃과 고요와 그리고', 그리움
―지영희의 시세계

김진수/ 문학평론가

시집의 서두에 놓인 「시인의 말」에는 "19년간 떠돌아다니던 내 시들"이라고 적혀 있다. 그렇다, 사실상 『가까운 별 내 안의 새들』은 시인의 첫 시집 『사람이 두렵습니다』(2001)가 상재된 지 정확히 19년 만에 나오는 두 번째 시집인 까닭이다. 그만큼 이번 시집에 실린 작품들의 다양한 관심사와 편차와 변화의 폭을 시사하는 말씀으로 받아들일 수도 있겠다. 근 두 번의 10년이 지나는 긴 시간의 흐름 속에서 우주의 중력과 세월의 풍화가 아무런 흔적도 남기지 않았다면, 그 또한 말이 되지 않을 테니까 말이다. 그러니, 이왕 말이 나온 김에, 제 아무리 긴 세월을 격하고 있다 할지라도, 첫 시집에 대한 간략한 언급조차 생략할 수는 없을 듯하다. 시간이 초래한 불변과 이변의 자연을 가늠하기 위해서도 우선 그 기준선은 있어야겠기에 말이다.

첫 시집의 해설 「언어화된 삶, 그 높고 쓸쓸함에 대하여」를 쓴 시인 이상국은 '쓸쓸함과 정결함'이라고 말했다. 그래,

그 쓸쓸함과 정결함으로 직조된 시집의 「自序」에서 시인은 "난 아직 좋은 사람이 되지 못하고 있다. 그러기에 좋은 시 쓰는 것은 여전히 나의 꿈"이라고 고백했다. 사람살이와 관계의 어려움을 직설적으로 토로하고 있는 듯이 보이는 시집의 제목 『사람이 두렵습니다』가 의도하고자 한 바도 아마 그 점이 아니었을까 싶다. 그러한 인식은 이번 시집 『가까운 별 내 안의 새들』에까지 고스란히 흔적을 남기고 있어서 가령, "마음이란 것이 사람마다 달라서" "사람의 길은 꿈속에서조차 힘들다"(「비 온 뒤, 낮잠」)고 적시되어 있는 터이다. 아마도 사람마다 다른 마음이 시인에게 '쓸쓸함'을 불러온 것이라면, 꿈속에서조차 힘든 사람의 길을 고수하려는 그 마음이 또한 '정결함'의 원인이 되었을 테다.

첫 시집 '자서'의 발언은 중의적 해석이 가능할 듯하다. 문맥을 그대로 따르자면, 시인에게는 '좋은 시 쓰는 것'과 '좋은 사람이 되는 것'은 동일한 무게를 지니고 있는 것처럼 보인다. 하지만 그 둘의 관계에서 어떤 하나가 다른 어떤 하나의 원인인지 아니면 결과인지를 따진다면 두 방향의 해석이 가능하게 된다. 그 해석들은, 시를 그것을 짓는 자의 인품이나 덕성과 동격으로 세우는 저 '사무사思無邪'의 정신이 시 자체의 순정성으로부터 유래하는 것인지 아니면 삶에 대한 시인의 마음의 진정성으로부터 만들어진 것인지 하는 의문과 맞닿아 있다.

우선, 좋은 시 쓰는 것이 좋은 사람이 되는 것의 원인이라면, 저 발언은 미학적으로 해석될 것이다. 그때 시인의 삶은 그 자체로 시적 삶 혹은 시가 될 것이다. 반면, 좋은 사람이 되는 것이 좋은 시 쓰는 것의 전제가 된다면, 시인의 저 꿈("좋은 시 쓰는 것은 여전히 나의 꿈")은 윤리적으로 해석되어야 할 것이다. 그때 시인의 작품은 도덕적 삶의 정화 혹은 자유 의지의 실천적 장이 될 터이다. 그 선택은 전적으로 시인의 몫에 속할 테지만, 또 그 선택과 무관하게 시를 읽고 해석하는 것은 오로지 독자의 몫에 속한다. 전자의 선택을 응원하고 있는 독자로서는 다만 첫 시집에 실려 있는 다음과 같이 대단히 아름답고 인상적인 시 한 편을 소개하는 것으로 그 근거를 옹호할 수 있을 뿐이다.

광산 벌판을 바라보고 있으면
둥지만 치고 돌아오지 않는
새들이 생각난다
소나무들끼리 술렁이는 바람 속
배경으로 물러앉은 아스팔트 길에
진부령 새벽을 희끗희끗 묻힌
자동차들이 달린다
벌판을 노(老)부모 품에 맡긴 채
논밭을 가르고
황홀한 네온의 허구 속으로 달릴 때
도시로 먼저 간 새들은 이 들녘을 꿈꾸리라
찌든 벌레를 쪼아대던
짧은 부리를 겨드랑이에 끼고
선잠 든 듯

봄꿈처럼 쏟아지던 별빛을 받는 양
헛날개짓 하다가
이 벌판 위로 이미 날고 있으리라
저녁마다 붉은 그림자 드리우는
이 둥지 위로

—「새들은 꿈꾸고」 전문

'진부령'을 모르는 사람은 없다. 하지만 '광산 벌판' 역시 강원도 고성에 있는 지명이라는 사실을 알아도 시의 의미는 달라지지 않는다. 중요한 것은, 이 벌판에는 이제 새들이 쳐 놓고 떠난 빈 둥지만 오롯이 남아 있고, 둥지를 떠난 저 새들은 지금 백두대간 너머 어느 "황홀한 네온의 허구" 속 도시를 질주하고 있다는 사실이다. 새는 이제 '별'의 벌판이 아니라 '네온'의 도시 속을 날고 있다. 도시의 '아스팔트 길'과 '자동차' 행렬이 뿜어내는 황홀한 네온 빛은 저 들녘의 둥지에 "선잠 든 듯" "봄꿈처럼 쏟아지던 별빛"과 정확히 대조를 이룬다. 그리하여 이제 시인의 시세계에서 '별빛'은 새의 '봄꿈' 속에서나 겨우 빛나는 것이 되었다. 벌판의 둥지를 떠난 새에게 저 별은 다시 되돌아가야 할 꿈의 고향을 지시하는 등대 같은 것이 된 셈이다.

첫 시집에 등장하는 이 같은 '별'과 '새'의 이미지는 마침내 이번 시집 『가까운 별 내 안의 새들』에서는 제목의 자리에까지 자신들의 벌판과 둥지를 마련하게 되었다. 이 '가까운 별'과 '내 안의 새'가 바로 빈 둥지를 남겨두고 백두대간을 넘었던 첫 시집에서의 그 별과 새라는 사실에는 의심의 여지가 없을 터이다. 그렇기에 저 고향 벌판을 떠나 살았던 새와 별의 지난 19년 세월의 이력과 연유를 살피는 일은 곧 첫 시집과 두 번째 시집 사이의 연속과 단절을 따져보는 일이 되기도 하겠다.

별에도 검은 색이 있다면
저녁 어스름에 떼 지어 나르는 새들과 같겠다
맑은 눈동자도
화려한 깃털도
딱딱한 부리와 발톱도
별을 위해 낮추고
낮은 하늘을 비추는

우리는 왜 새들을 희망이라 하고
자유로움을 새로 노래하는지
저 별들을 보니 알겠다
단순한 몸짓으로 넉넉한 저녁 하늘을 노래하는
살아 있는 별들
땅에도 내려왔다가
하늘에서도 아름다운
가까운 별
내 안의 새들

—「저녁 어스름을 나는 새들」 전문

시인의 상상 속에서 별이 검은 색을 가져야 한다면, 그것은 당연히 하늘을 나는 새가 되어야 한다. 마찬가지로 새가 반짝이는 빛을 갖는다면, 그것 또한 허공에 붙박인 별이 되어야 마땅하다. 시인의 시세계에서 새와 별은 둘이 아니다. 새는 하늘을 나는(운동하는) 별이고, 별은 허공에 붙박인(정지한) 새다. 시집에서 그것들은 상호 교환 가능한 동일한 이미지의 변주로 이해된다. 그리고 이 이미지들이 상징하는 바는 아마도 지금은 상실된 고향('벌판의 빈 둥지')을 지시하는 '희망'과 '자유'의 이념("왜 새들을 희망이라 하고/ 자유로움을 새로 노래하는지") 같은 것이리라. 그 새와 별은 무엇보다도 우선 필연적인 자연의 질서에 속하지만, 그것들은 중력을 거슬러 하늘을 나는 날개를 가진 탓에 또한 자유를 상상하도록 하기 때문이다.

'자유는 자연'(「아름다운 것 — 자유는 자연이다」)이라는 시인의 유별난 주장이 강력한 증거로써 제시하고 있는 바가 어쩌면 바로 이 이미지들이 될 것이다. 아마도 시인은 자유가 자연이 되는 곳에서만 아름다움이 존재한다고 말하고 싶었던지도 모르겠다. 그리고 물론, 이 아름다움의 이념들은 상실된 고향, 즉 '실낙원(lost paradise)'이라는 현재 상태에 대한 강력한 알리바이로 작용하게 될 것이다.

스크럼 짜서 산을 차지한 아파트
저기는 바로 강줄기가 놓여 있던 자리다
낮은 둑길 따라
안개가 늦도록 걷던,

자갈들의 숨소리와
강이라 할 수 없는 물줄기가 어정대던 저곳
젊은 내 피를 뜨겁게 불러내 함께 걷던
저 둑길 어디로 갔을까
발목을 따갑게 혹은 간질이던 저 풀들
어디쯤에서 웅성대고 있을까
푸른 핏물 튀기며 흘러가는 소리만
둘 곳 없이 창을 넘는다

—「오래 전 그 풀들은 어디로 갔을까」 전문

"바로 강줄기가 놓여 있던 자리"에 "스크럼 짜서 산을 차지한 아파트"가 들어선, 실낙원의 한 풍경을 노래하고 있는 시다. 그 풍경 속에서 일찍이 "젊은 내 피를 뜨겁게 불러내 함께 걷던/ 저 둑길"은 이제 기억 속에만 존재할 뿐이다. 그렇기에 시인의 노래는 상실된 낙원으로서의 고향을 상기시키는 그리움과 또한 귀향의 노래가 되어야 한다. 다시 저 새의 기억 속에 존재하는 '광산 벌판'의 둥지와 별빛의 노래가 되어야 하는 것이다. 그리움은 무엇보다도 대상의 결핍과 부재에 기반을 둔, 그것들을 환기시키는 감정이다.

"한번 심은 불씨는/ 불길이 꺼졌다 해도 다시 살아"(「아름다운 것 - 사는 힘 한 가지」)나는 법이다. 그것은 '지금 여기에 없음'이라는 대상의 결핍과 부재로부터 환기되는 기억이나 추억의 한 형식이지만, 또한 동시에 그것은 대상의 부재를 확인하는 감정의 한 형식이기도 하다. 그런 의미에서 모든 그리움의 대상은 언제나 '이미지'로만 존재하고 또 '이미지'로만 머문다고 말할 수 있다. '이미지'의 어원 속에 깃든 '죽은 자의 얼굴'(이마고Imago)을 상기한다면, 이 사태를 분명히 이해한 것이 될 것이다. 그렇기에 그것은 지금 여기에 존재하지 않지만, 동시에 지금 여기에 머물고 함께하는 영속적인 현재의 사태가 된다.

시인은 "이 순간도 빠르게 흐른다/ 훗날 그리움 될 것이니 행복"(「흐르는 시간 속에서 낭만 혹은 잃어버린 단어를 찍어 올려보는 즐거움」)이라며 그리움이 영속화할, 사라지는 현재의 순간을 노래한 바 있다. 여기서 기억이나 추억에 의해 소환되는 것은 '대상'이 아니라 대상의 '부재' 자체이다. 모든 이미지가 말하고자 하는 바는 결국 그것이다. 그것은 '부재하는 대상'이 아니라 '대상의 부재 자체'를 표상한다.

> 물론 심장 터지는 고개는 하루키 거다
> 상실의 시대를 살아가면서 남은
> 울음 긴 여운
> 오십천 마지막 구비에 걸쳐진 출렁다리의 울렁임이
> 뜨거운 한낮의 외로움으로 읽혀지는데
> 그게 그러니까 그리워진다
> 매일 10층 계단 위에 살면서
> 심장 터지는 고개를 그리워하는 건
> 동백산장이 없어서라기보다
> 풀어놓을 개똥벌레가 없어서라기보다
> 넘을 수 없기 때문이다

매일 눈 뜨는 아침이
지지 못한 낮별이
해질녘 바라다보이는 산능선들이
그리움이란 걸
넘을 수 없기 때문이다

—「심장 터지는 고개」 부분

그렇기에 그리움은 기억되는 대상의 객관적 형식이 아니라 추억하는 대상의 부재에 대한 우리의 주관적 감정의 형식이 된다. 그 감정의 형식 속에서 이제 대상은 사라지고 오로지 부재만 살아남는 것 같다. 그것은 형식상의 측면에서는 '대상의 부재'라는 결핍과 상실의 감정이지만, 그러나 동시에 내용상의 측면에서는 '부재하는 대상'의 현존이라는 실재적 감정이기도 한 것이다. 대상은 지금 여기에 존재하지 않지만, 동시에 지금 여기에 존재하지 않는 방식으로 그 대상은 영속을 획득한다. 그렇다면 그리움은 부재하는 대상을 영원히 현존케 하는 마술이기도 한 셈이다. 그리움의 정조가 쓸쓸함과 아울러 달콤한 느낌을 동시에 불러오는 것은 어쩌면 이러한 이유 때문일지도 모른다.

그렇다면 저 새가 떠나온 백두대간의 그 길목이 굳이 '진부령'이 아니라면 무슨 상관이겠는가? 아래의 시에서처럼 "꽃대궁 늘어지게 누운 길"과 "와그르르 구르기도 하는" '별'만 있다면, 그것이 '오십천'이면 어떻고 '미시령'이면 또 어떻겠는가?

미시령 터널이 생긴 이래
옛길이 되고 있는
미시령 고갯길을 가본 적이 있는지요
꽃대궁 늘어지게 누운 길
저희들끼리 이마를 맞대고
저녁 어스름 고요를 헤치며 어정거리는
한밤, 별들이 와그르르 구르기도 하는
그 길
가끔은 산짐승들도 한가하게 거닐곤 하겠지요
우리가 통행료 이천팔백 원 세고 있을 동안
우리가 빠른 길 달리고 있을 동안
우리가 옛길이라고 말하는 동안
우리의 기억을 덮고 있는
꽃과 고요와 그리고

—「미시령 옛길」 전문

"우리의 기억을 덮고 있는", 시의 마지막 구절은 "꽃과 고요와 그리고"로 생략된 채 끝나고 있다. 그러니, 이 기억의 목록이 여기서 끝난 것은 물론 아닐 것이다. '그리고' 다음에 이어질 긴 물목들이 바로 저 새와 별이 그리워하는, 그리고 또한 저 새와 별로 인유된 그리운 대상들의 목록이 될 터이다. 그 목록의 길이는 아마도 시집 한 권 분량을 모두 채우고도 남을 만큼의 긴 내력을 보여줄지도 모른다. 시집에서 이 그리움의 대상들은 모두 세월의 흐름 속에서도 제 가치를 잃지 않고 빛을 발하는 자연의 신비와 경이를 표상하는 것들이다.

『가까운 별 내 안의 새들』에서는 대부분 구름, 비, 바람, 나무, 산, 바다, 호수, 폭포, 숲 같은 자연물들이 바로 그 목록의 내용을 구성하고 있는 것처럼 보인다. 시집에서 이러한 자연물들은 또한 그 자체로 시인의 '고향'이나 '유년기'의 기억과 동의어가 된다. 저 새와 별에게서 고향과 자연은 둘이 아니었던 것이다. 아마도 새와 별이 자연에서 태어났기 때문일 테다.

일찍이 고향 벌판을 떠나왔던 저 새는 이제 "희끗희끗한 머리카락 물들이며/ 자신으로 돌아가는 길을 헤아리"(「돌아가는 길」)고 있다. 이 그리움과 귀향의 노래를 통해 저 새는 "나도 어쩜 다시 태어날지도 모르겠다"(「시인의 말」)며, 조심스럽게 자기 갱신과 부활을 예감하고 있는 것처럼 보인다. 그 부활과 신생의 삶이 바로 회복된 낙원으로서의 고향, 즉 자연에서의 삶이자 '자연적인 삶'일 것이다. 그 고향은, 시집에서는 무엇보다도 '아름다운 것'들로 충만한 곳이다.

사실상 시집의 2부에 실린 작품들은 대부분 그 고향의 아름다움을 노래하는 데 바쳐져 있다. '민박집 아저씨' '성악가' '사는 힘 한 가지' '상처' 등의 부제가 붙어 있는 그 고향의 모습은 시인의 시적 자아에게는 무엇보다도 아름다움의 세계로 표상되고 있는 것이다. 그 세계 속에는 '민박집 아저씨'를 꿈꾸며 "왼손가락 허공에 여섯 줄 현란하게 짚는" '나의 넷째 오빠'가 있고, '성악가'로 데뷔하고자 레슨을 받고 싶어하는,

"두 눈썹이 새까맣게 붙은/ 동네에서 소문났던 호랑이 오빠"도 함께 자리하고 있다. 물론 "출판기념 시낭송회를 열일곱 해 참여하면서/ 때론 시가 아닌 선율이 있는 노래로 대신하고 싶었"던 시인 자신의 초상도 일찍이 그곳에 자리하고 있었던 것이겠다.

네가 왜
먼 바다에까지 외등을 밝히고
밤마다 서성이는지 알아야겠다
갈고리에 끼운 쇠줄
힘껏 당기어
네 가슴 한가운데를 끌어내는데
내 먼저 가고 있는 건
발 먼저 내달아지는 건 무슨 까닭인가

바람 속 너를 끌어안고 싶은
오늘
내 가슴 한가운데로
굵은 쇠줄 하나 내리고 싶다

—「청호동으로 가는 갯배」 부분

"먼 바다에까지 외등을 밝히고/ 밤마다 서성이는" 저 '굵은 쇠줄'이 내려져야 할 자리가 있다면, 그곳은 분명 백두대간 저쪽의 별이 반짝이는 바닷가 벌판일 수밖에 없을 테다.

앞서 그리움 속에서 대상의 결핍과 부재는 부재의 대상으로 전환된다고 이미 말한 바 있다. 그렇기에 그것은 언제나 다시 현존해야 할 미래의 사건이 된다. 그리움은 과거를 미래 속에서 현재화하기 때문이다. 거기에서 '상실된 낙원'은 '회복될 낙원'의 전제일 뿐이다. '부재하는 대상'에 대한 그리움의 감정이 동시에 '회복된 대상'에 대한 예감이 되는 것은 그 때문이다. 그 감정 속에서 아마도 시간은 무화되는 것 같다. 감정 속에는 과거도 없고 미래도 없기 때문이다. 감정은 언제나 현재적 사건이고, 또 예감은 미래에 대한 현재의 감정이기 때문이다.

그리움의 감정이 단순히 과거로의 퇴행으로만 그치고 마는 추억이나 향수와 구분되는 것이 바로 그 점일 것이다. 그리움은 언제나 또한 미래의 예감이기도 하기 때문이다. 그렇기에 그것은 과거와 현재가 대화하는 소통의 자리이며, 현재와 미래가 서로 우선권을 주장하는 긴장의 영역이기도 하다. 첫 시집에서 새들이 둥지를 버리고 떠났던 저 '광산 벌판'은 이제 다음과 같이 "설악으로 덮인 도문동 들녘"이라는 새로운 이름을 얻게 되었다.

> 설악산 아래 도문동 들녘은 나를 나무이게 한다
> 안간힘으로 버티는 뼈마디 구석구석
> 따뜻한 말씀으로 생기를 불어주는 설악의 깊은 숨을
> 꼼꼼히 읽는 나무
>
> (중략)

설악으로 덮인 도문동 들녘에 서면
은은하게 익어가는 나무가 된다

—「설악으로 덮인 도문동 들녘에 서면」 부분

여기에서 '설악'이란 저 새와 별의 고향으로서 대자연의 다른 이름에 지나지 않는다. 그 속에 서면 인간조차도 나무가 되고, 또 새도 되는 것 같다. 낭만주의 이론가 슐레겔F. Schlegel은 "자연은 말하자면 현실화된 신성"이라고 말한 바 있다. 그는 세계와 자연을 구분하면서 '세계는 메커니즘의 체계로서의 전체'이지만, '자연은 생성 중인 신성의 상Imagie'이라고 했다. 그 결과 자연의 개념은 학문의 한계들 바깥에 놓이게 된다. 왜냐하면 그것은 더 이상 인식의 대상으로서 필연적인 법칙이 지배하는 세계가 아니기 때문이다. 자연은 그 세계의 법칙 또한 넘어서 있다.

시인은 "봄날 햇살처럼/ 담 틈새 핀 풀잎에 말 걸며/ 가벼이 가벼이 살 수는 없었던 걸까/ 군살 빼고 주머니 내던지고"(「사월 셋째 날에 쓴 일기」)라고 노래한 적이 있다. 간명하지만 활력적인 이 같은 삶의 태도는 앙상하게 헐벗은 '겨울나무'의 이미지조차 꽃으로 둔갑시키게 만드는 것 같다. 그 나무는 시인에 의해 "새로운 숨결로 뭉쳐진/ 잎이다/ 꽃이다"(「겨울나무」) 같은 생동하는 비유에 의해 활력을 부여받고 있는 터이다. 회복된 낙원으로서 고향에서의 삶은 '꽃'이고 '향기'이고 '열정'이다.

그러나 물론, "산다는 게 그리 간단치가 않다는 걸" 누가 모르겠는가? 금이 간 그릇을 바라보며 "너도 나만큼 사느라/ 온몸에 보이지 않는 멍이 들었구나"(「무단히 그릇이 깨지다」)라고 시인이 노래할 때, 그 노래의 곡조에는 안쓰러움과 통렬한 애절함이 묻어 있는 것이다. 여기가 힘들고 고통스러울수록 저기가 더욱 빛나 보이는 것은 인지상정일 터이다. 하지만 시인의 시세계에서 자연은 그런 상대성을 넘어서 바람처럼 유랑하는 삶을 정박시킬 존재의 근원적 자리를 확보하고 있다.

이 같은 맥락에서 우리는 비로소 시인이 주장하는 '자유는 자연'이라는 인식의 뿌리에 어느 정도 접근하게 된 것 같다. 시인의 시세계에서 자연은 필연적인 인과율의 법칙을 따르는 세계와 같은 것이 아니라, 오히려 인과율의 법칙 자체가 하나의 자유의 결과로서 구성되는 세계인 것 같다. 자연은, 제 아무리 인간의 뜻대로 구부리려 해도, 구부려지지 않는다. 그것은 언제나 제 모양대로 되살아나고 또 회복된다. 자연이 아름다운 것은 바로 이 항구성 때문이라고 해야 할 듯하다. 자유를 향한 항구성 말이다.

드라이어로 뜨거운 기운을 쐰다
한곳을 향해
거침없이 쭉 뻗는 머리카락을 위해

본질은
물기만 만나면 오들오들 되살아나
제 삶 그대로 드러내는데

아침마다 한 방향으로 가게 한다
아름다움이라는 덫을 향해
뜨거운 맛을 보인다

하, 되살아날
저 자유

—「아름다운 것 - 자유는 자연이다」 전문

매일 드라이어로 "거침없이 쭉 뻗는 머리카락"을 반듯하게 펴놓긴 하지만, "물기만 만나면 오들오들 되살아나"는 저 '자연'의 본성은 바로 '자유'이고, 또한 그 '자유'의 근원적인 에너지야말로 '자연'인 것이다. 자연과 자유가 행복하게 화해하는 그 자리가 바로 '아름다운 것'이 존재하는 자리이다. 진정한 아름다움 속에서 '자유는 자연'이 된다.

인과율의 필연적인 법칙을 따르는 자연과 도덕률의 법칙에 지배받는 자유의 행복한 화해가 바로 '아름다움'의 자리라고 설파한 이는 철학자 칸트(I. Kant)였다. 그러한 관점의 연장선에서 "자연은 예술처럼 보일 때 아름답고, 예술은 자연처럼 보일 때 아름답다"는 그의 『판단력비판』에서의 저 유명한 발언을 기억해야 할 것이다. 시인의 시세계에서 아름다움은, 그리고 시는 이 같은 자유와 자연의 결합에서 나온다. 어찌할 수 없는 그 필연적인 자유의 마음을 우리는 아름다움이라고 부를 것이다.

아프다고 말하지 않았습니다

그리워할 거라는 말도 하지 않았습니다
못 본 척도 본 척도 않고
눈물도 없이 하늘만 봅니다
하늘 한가운데로
소리 없는 느낌이 지나가는 자리에
흰 구름 한 줄기 거칠게 일어납니다
울지 않길 참 잘했다 되어봅니다
내일 또 다시 하늘엔 새로운 구름이 떠가고
그렇게 떠가고
그래도 아름다움은 오래 남을 겁니다

—「아름다운 것 - 사랑 혹은 이별이라는 의미」 전문

시는 이 사랑의 아름다움의 또 다른 이름이다. 『가까운 별 내 안의 새들』의 시인에게는 "쿠바 음악의 살아 있는 전설" '베보 발데스'가 바로 그런 시의 상징이 되는 것 같다. "느낌 없는 천 개의 화음이/ 정성 담긴 한 개의 음을 당해낼 수 없"(「베보 발데스」)는 것, 그것이 바로 시가 아닌가? 그것이 바로 "세상과 교신할 두고 온 노래"(「베니스의 노래」)가 아닌가 말이다. 그러니 결국 이렇게 말해야 한다. 시인에게는 저 고향의 아름다움이, 그 아름다움에 대한 사랑이 바로 시라고 말이다. 그리고 그 고향은 바로 자연이자 자유의 다른 이름이라고.

"흘러내기/ 흘려보내기/ 흘러가기/ 곧 모든 무늬와 하나 되기"(「어스름에 대한 증명」) 같은 시의 구절은 시인이 그동

안 추구해온 정신적 성취의 한 경지를 보여주고 있는 것처럼 보인다. 부단한 '용서'와 '참회'를 통해 획득되었을 그 성취는 곧 '자연스러운 마음'의 풍경과 경지를 향한 것이었을 터이다. '마음 그 자체로 세상과 하나 되기'라는 그 지난한 성취에 대해 시인은 "곧 모든 무늬와 하나 되기"라고 노래한 것이리라.

『가까운 별 내 안의 새들』에서 '별'은 지금은 사라진, 그리운 모든 아름다운 대상들에 붙여진 이름일 것이다. 시인은 "별이 되고 싶냐구요?/ 그립죠"(「어머, 늙나 봐」)라거나 "그냥 별이 되는 거지 어둠이 오든 빛이 오든 그냥 그 자리를 지키는 거야/ 혹시 알아 존재만으로 희망이 될지"(「새벽별」)라고 노래했던 것이다. 모든 별들이 빛을 내지만, 그 빛이 별 자체에서 나오는 것이 아니라는 것도 또한 사실이다. 모든 별은 광원으로부터 자신이 받은 빛을 반사하고 나눔으로써 비로소 별이 된다. 별의 빛은 나눔으로써만 실현되는 것이다.

이제 그 별의 빛으로 시인은 아주 작고 겸손한 목소리로 새의 노래를 부른다. 새가 부르는 그 별의 노래를 아름다움에 대한 사랑의 노래라고 불러도 좋은 이유이다. 그리고 이 사랑의 노래가 시인에게는 바로 시였던 것이리라. 세찬 바람의 저항이 새를 날게 하고 밤하늘의 어둠이 별을 빛나게 한다면, 그 사랑은 또한 세월의 아픔과 상처 속에서 정련된 것일 테다. 시인에게는 그 아픔과 상처의 영광에 주어진 이름이 바로 사랑이고 시였던 것이다. 그것은 "단 한 단어/ 온몸이 담긴 단 한 개의 언어"(「베보 발데스」), 바로 '사랑'으로 된 시이다.

현대시세계 시인선 **124**

가까운 별 내 안의 새들

지은이_ 지영희
펴낸이_ 조현석
기 획_ 고영, 박후기
펴낸곳_ 북인
디자인_ 푸른영토

1판 1쇄_ 2020년 12월 01일
출판등록번호_ 313 - 2004 - 000111
주소_ 121 - 842 서울 마포구 서교동 467 - 4, 301호
전화_ 02 - 323 - 7767
팩스_ 02 - 323 - 7845

ISBN 979-11-6512-124-2 03810

이 도서의 국립중앙도서관 출판예정도서목록(CIP)은 서지정보유통지원시스템 홈페이지(http://seoji.nl.go.kr)와 국가자료종합목록시스템(http://www.nl.go.kr/kolisnet)에서 이용하실 수 있습니다. (CIP제어번호 : CIP2020048998)

이 책은 강원도, 강원문화재단의 후원금으로 발간되었습니다.

책값은 뒤표지에 있습니다.
저자와 협의 아래 인지를 생략합니다.